历史之谜

少年科学推理小说

北京科学技术出版社

100层童书馆

少年科学推理小说
历史之谜

铁 面 人

〔法〕阿诺克·朱尔诺–杜雷 著
〔法〕艾菲尔·高特 绘
唐天红 译

北京科学技术出版社
100层童书馆

前　言

这个故事的灵感来源于真实事件。

1771 年，在路易十五的统治下，社会动荡不安，这应该算是 1789 年大革命的先兆。人民对他们的国王已经失去了信任，再加上还有一个有关前任国王，他的曾祖父路易十四的流言一直在民间流传，伏尔泰也曾记述过：路易十四原本有个不为人知的哥哥，为了保住王位，他将其关进了监狱。此人被关押了 34 年，终日被迫戴着铁面具，最终于 1703 年在巴士底狱去世。其实 70 年前，路易十四的国防秘书伯比斯曾散布过这个流言，虽然之后有人澄清说那是伯比斯没有得到最高权力机构"高级理事会"的提名而进行的报复，但是关于"铁面人"的谣言已经被散布出去，并使局面变得复杂而混乱，这些事件中充满了巧合……有时，正是这些巧合构成了历史之谜。

序 幕

1771 年 10 月 30 日，巴黎，玻璃街，宝剑饭店

那天，男孩原本打算沿着塞纳河畔漫步，享受一下秋日温暖的阳光。

他不断对自己说，他原本可以保持沉默，像往常一样谨慎勤奋，在后厨与宴客大厅之间穿梭、鞠躬、微笑，体贴入微地观察宾客的需求，甚至是预见他们的需求，给他们递上饮用水、葡萄酒、面包……

他服务的对象是国王的火枪手，他们可是十分讲究的。此刻他们正享受着主厨瓦莱尔烹制的美食，瓦莱尔是著名的美食家瓦德勒的粉丝。

桌上有烤鸡、甜肉酱、炖肉和各种蔬菜……路易十五

的卫士，火枪手达达尼昂、波尔托斯、阿托斯、阿拉米斯，午餐或晚餐的时候会来这间专门为他们保留的客厅用餐。这段时间，也是他们最放松的时间……而他则默默不语地为他们提供服务。他一直在场，但给人的感觉又像是不存在一般。他才14岁，但受雇于宝剑饭店已经一年有余，渐渐地他开始想巩固自己的位置，想做到让人无可指摘、不可替代、与众不同。然而那天，看着一同进餐的穿着红色制服的骑兵们，他感到了不同寻常的气氛，他们似乎分外紧张。这几个人面对着眼前的美食，几乎都无动于衷。

他们有些烦躁，语速很快地大声交谈着……

他本不想偷听，可仍有只言片语飘进了耳中。他真希望自己什么也没有听见，那些谈话使他想起了一个奇怪的家族秘密，而在这之前他一直以为那不过是个传说。

其中一个火枪手说："流言传播的范围太广了！国王已经受够了，我们应该进行调查！"

他旁边的火枪手说："都是因为伏尔泰写的那些东西，这个挑事者控诉路易十四将他所谓的什么哥哥关在巴士底狱，关了34年……这些事情对路易十五的影响很严重，本来他在人民心目中就已经不再是'被喜爱者'了……"

第三个火枪手说："从今往后，他就成为'被讨厌者'了。"说话的人较其他人年长，也更有威仪，大概是队长。他继续道："是的，这些谣言太危险了，就和那个传说中的热沃当恶兽一样……可能比那野兽还危险！那野兽，我们6年前已经战胜了它！"年轻的侍者越听越吃惊，不由得偷偷竖起了耳朵……

其中一个火枪手气恼地说："围捕一只狼都要比控制流言蜚语容易！我们没有任何关于铁面人身份的证据，1703年他去世的时候，所有和他有关的物品都被烧掉了！据说连囚禁他的牢房的墙壁都被刮了一遍，就是为了确保上面不会有任何属于他的字迹留下来。"他摇着头重复了一遍，"毫无疑问，我们没有任何证据证明他的身份。"

男孩插嘴道："那这要是假的呢？"

话一脱口，他立刻就后悔了……

但已经迟了。

面对着几个火枪手投来的愤怒的目光，他结结巴巴地说："对不起……我不是故意的，我是无意间听到了你们的谈话……"

队长咆哮着："你这个小仆人实在是太无礼了！"

"对不起……只是……"

他不假思索地大胆说道："我的曾祖父叫安东尼·胡，他曾是路易十四时期巴士底狱的狱卒，负责管理钥匙！他给那个人送食物，当有来访者的时候负责打开牢房的大门……现在我家里还有一把留作纪念的钥匙呢。"

他又带着骄傲的口吻说："那钥匙都没有生锈。要是你们感兴趣的话，我可以拿给你们看……"

他的话被打断了，"我们只对证据感兴趣，要是你曾祖父还在世的话，他的话肯定更有价值！"

男孩嘟囔着："他可能知道些什么，但从未跟别人说起过。"

大家惊呆了，一阵沉默。

年长的火枪手紧盯着他，问道："你在暗示什么？"

男孩想克制住恐惧。他说得太多了……

第一章

巴黎，车匠街，杜弗家的铁匠铺

铁匠铺里充满了金属锻炼之后发出的气味，火苗在熊熊炉火中燃烧着。铁匠铺里的人在忙个不停：先是把铁锻好，然后是造型，最后铁变成了钥匙、锁、刀、箭等各种用具……

铁匠保罗师傅很有名气，他有时候也会接一些大订单，比如做阳台上的栏杆、精工制作的栅栏等。他刚刚从巴士底狱的典狱长于米拉克公爵那里接到一个活儿。公爵的要求有些不同寻常：给一个囚徒打制一张铁面具。雇主给出的报酬很丰厚，但要求他尽快动手制作。

"这个活儿真是一场及时雨，我们正需要用这笔钱买一匹新马！"保罗一边忙碌一边高兴地想。儿子安托南在旁边用钦佩的目光看着他，认真观察着他，想把他那些准确的动作都记在脑海里。安托南现在已经13岁了，不久他也该学习铁匠的技艺了，再晚些时候，他还会接管铁匠铺，就像父亲从祖父手里继承这些一样。他们族人从事铁匠这个行当已经有一个多世纪之久，他们的名气是毋庸置疑的。

安托南一边想一边嘟囔着："为什么要让我们做一张铁面具呢？又不是为了去打仗，我的意思是……"

"嗯，你想想，有些囚徒，尤其是那些贵族，他们希望把脸遮住。"

"为什么？"

"当然是为了不被人认出来了，老天！大多数人迟早会被释放的，他们心里会嘀咕，担心公众的看法。但是一般情况下他们戴的都是天鹅绒面具……铁面具，确实有些让人吃惊。"

"而且没有比戴铁面具更难受的了……"

保罗和安托南转头看向刚刚说话的人，是安托南的祖父亚历山大。他个子高高的，微微有些驼背，虽然上了年纪，眼睛却异常明亮有神。他一只眼睛是蓝绿色的，另一只眼睛是褐色的——安托南知道这种眼睛叫作"双色瞳"，安托南也遗传了这一特征。

有时候因为这点与众不同，还招致了一些讥讽……人们觉得他不正常！安托南抓起他父亲正在打制的那张铁面具，那上面已经凿出了眼睛、鼻子和嘴的洞。

他把这张还未完工的铁面具戴在脸上，故意装出粗粗的嗓音："我是铁——面——人！"

然后他厌恶地说："嘿，戴着这玩意儿都没法呼吸了，这简直就是个刑具嘛！"

他祖父突然命令道："立刻给我放下，不是什么事都能拿来开玩笑的！"

"可我没拿来……开玩笑……"

老人生气地说："而且你还特别无礼！出去！别让我看见你！"

祖父的反应让安托南呆住了，他把铁面具往工作台上一扔，一句话没讲，就离开了铁匠铺，走到了大街上。

他很爱祖父，祖孙之间一直感情深厚。他小的时候，祖父经常给他讲故事，哄他入睡。手工匠人中很少有会讲故事的，这是那些富人老爷们才懂的事情……安托南觉得自己特别幸运，因为有人爱他，且深爱着他。母亲去世的时候，他只有3岁，祖父给了他无尽的爱，从来没有无缘无故地责备过他。

这是安托南有生以来第一次遇到这样的事情——祖父竟然莫名其妙地冲他发火了。他觉得喉咙发紧，朝着离铁匠铺不远的巴黎大市场走去。市场里人流涌动，沉甸甸的食物摆满了货架：波罗门参、熟透了的水果、白菜，最多的是土豆，在1769年饥荒之后，土豆就被作为主食重视起来了。可供购买的商品很多，但是大多数人只是看看热闹，或是拿起什么掂量一下，然后讨价还价。只有那些衣着光鲜的富人，才能把篮子装得满满的。国家境况不好，日趋贫困，而国王路易十五却没有采取任何措施，帮助他的臣民渡过难关。

安托南经常听见父亲发牢骚，他正要走进一条安静的小路，却听到有人喊他："安托南！等等我！"

一个顶着一头乱蓬蓬棕色头发的小男孩向安托南跑过来，是他的朋友泰奥菲尔。

安托南注意到他的脸绷得紧紧的，问道："看见你真高兴……你还好吗？

泰奥菲尔回答道："不……嗯，还好！来，我跟你说

个事……"

路易十四

（1638 年—1715 年）

　　路易十四别名"太阳王"：他自 1643 年起当政，统治了法国 72 年之久！正是他于 1669 年下令逮捕了后来的"铁面人"。他的部长、国防秘书卢瓦侯爵（1641 年—1691 年）向贝尼涅·德·圣—马尔士传达了这个命令，后来马尔士成了铁面人的看守。

© Rue des Archives/Collection Gregoire

© Rue des Archives/Tallandier

路易十五

（1710 年—1774 年）

路易十五别名"被喜爱者"，是路易十四的曾孙。由于他继位时年仅 5 岁，他的叔公奥尔良公爵菲利普成了摄政王。直到 1723 年，路易十五才真正掌握了国家政权。本书中提到的铁面人的谣言是路易十五统治晚期的事情。

第二章

失踪

他们朝着圣－安东尼镇走去，巴士底狱堡垒就耸立在小镇的尽头。远远望去，堡垒就像是一座黑色的山峰，会将靠近的人吞噬掉。

堡垒周围的道路却是一派欢乐的景象：一群农妇拉着驴子、小车，上面载满了水果、蔬菜、奶罐和农场里的鸡蛋。这个镇子上鞋店、木工作坊、锁匠铺鳞次栉比，有的工匠在铺子内工作，有的在铺子外干活儿；他们时不时地打些手势，说几句话，有时还吆喝着歌谣，想招揽主顾。安托南走在泰奥菲尔身旁，心想他们家还算运气好，作坊是在附近的街区，那里的竞争可没有这么激烈。不过这也不是全凭运气，他们家可算是巴黎最好的铁匠铺之一了！祖父和父亲经常这么说。

忽然，一个卖鱼妇大声喊了起来："我们受够了！"她手里拿着一根白色的铁管，权当喇叭，冲着人群喊道："我们真的受够了，大家根本没钱买我们的商品！国王这是不给我们活路呀！"

另外一个站在摊位前面的卖鱼妇说："对骗子的后代，我们能指望什么呢？路易十四把他的哥哥囚禁起来了……他本来就不该登上王位的！"

几米之外的一个卖蔬菜的商贩说："你这是污蔑！谎话连篇！国王万岁！"

"打倒路易十五！"

"国王万岁！"

第一个说话的卖鱼妇说："你闭嘴！"然后她转向人群问道："大家怎么看？"

泰奥菲尔说："快点儿，在情况恶化之前我们得赶紧离开这个是非之地，火枪手马上就会到了。"

二人加快脚步，走到了另外一条安静些的街上。安托南看了他朋友一眼，发现他脸色煞白，于是追问道："你怎么了？"

"肚子疼……肯定是太累了。"

"你干太多活了。"

"是，不停地干活儿，日复一日，没有停歇。但是我没有办法……"

安托南了解他的情况。泰奥菲尔的父亲是巴士底狱的看守，挣得很少；而他的母亲正怀着第五个孩子，又一张等着吃饭的嘴……泰奥菲尔之前经常对他说，他父母对他们的未来充满担忧，对他这个长子寄予厚望，希望他能帮着家里减轻生活负担。

安托南又问道："你之前想对我讲什么事呀？"

泰奥菲尔支支吾吾地说："啊……我忘了。你怎么样，一切都好吗？"

"都好，铁匠铺里有很多活儿要干。"

"那还好！"

之后他们边闲聊了些无关紧要的，边走到了塞纳河畔，天空布满阴云，从河面吹来的冰冷的空气打在他们的脸颊上。奇怪的是，安托南没有对朋友提起那副铁面具的事情，也没说他祖父莫名其妙生气的事。他害怕一说这事，自己就会像个孩子一样泣不成声。

半小时后，安托南与泰奥菲尔告别，慢慢地走回了车匠街。他又想起了祖父，不知道回去后要对他说什么，也许他应该向祖父道个歉……但是为什么道歉啊？他没觉得玩一玩那个铁面具有什么错啊！而且祖父从来没有像今天这样莫名其妙向他发火，从来没有。他需要搞清楚这到底是为什么。

涌动的人群打乱了他的思绪，很多人聚集在他家的铁匠铺前，像是出了什么事。安托南飞奔回家，心中做了最坏的揣测：他的父亲可能伤得很严重……

到了家门口，他发现门大开着，心提到了嗓子眼，他推开看热闹的人群，挤进去后看到了令人迷惑的一幕，一只水桶被打翻了，锻铁的火还在燃烧着，工具被扔得乱七八糟满地都是，躺在中间的正是那副铁面具。

没有发生事故，但看起来像是有人在这里打了一架。

他喊道："爸爸！爷爷！"

一个站在门口看热闹的人说："有人把他们带走了。"

"是谁？"

一个穿着厚厚紫色塔夫绸裙子，戴着羽毛装饰的黑色礼帽的女人回答说：

"大概五分钟之前，有两个火枪手来找他们，我和我的女儿来这儿是想打一把钥匙……"

女人旁边的女孩补充说："他们看起来很着急。"

即使是在这样的情形之下，安托南还是被女孩的美丽所震撼了，那是个棕发女孩，长着清澈的蓝色眼睛。

"你确定是火枪手？"

"确定，开始的时候你父亲不肯跟他们走，还挣扎了一阵。"

安托南低声道："这是什么意思？"他看看四周，想要恢复镇定，他可不能乱了阵脚。

女孩的名字叫露易丝，她的母亲是德瓦伦夫人，二人坚持要陪伴安托南一会儿。露易丝帮着安托南把工具收拾好，并收起了铁面具。她看到铁面具时，明显有些吃惊，但是却什么也没有问。母女二人甚至还让安托南到她们家中避一避，她们家住在档案街，离车匠街不远。但是安托南婉拒了她们的好意，他还是希望待在家里等父亲和祖父回来。

德瓦伦夫人显然是个有脸面的人，她向安托南承诺说如果有必要的话，她可以和一个朋友谈谈，那位朋友和巴黎警察局局长有些私交。她会和安托南保持联系，不管结果如何，都会来告诉他。

离开之前，德瓦伦夫人温柔地对安托南说："你还只是个孩子呢。"安托南不停地向她道谢，但是却为自己辩护说："我马上就 14 岁了。"

德瓦伦夫人温柔地笑了一下，坚持说："你这样说不对，你不过和露易丝一样大，我一直把她看作是个孩子。乐观点儿，我们会打探到你家人的消息的。"

露易丝用和母亲一样的口吻安慰安托南："乐观点儿。"

安托南勉强地笑了一下，再次向母女俩道谢。但是在她们离去之后，他觉得非常孤独……

非常孤独，非常失落。

第三章

第一个发现

令人窒息的沉寂充斥着铁匠铺后面的小屋。夜幕已经降临，安托南在屋子的各个角落里都点了蜡烛。他专注地点着蜡烛，好让自己不那么慌张，他觉得自己就跟个木头人似的。

　　他从一个房间走到另一个房间，从他和父亲的房间走到祖父的房间，又从饭厅走到小厨房，最后又来到了铁匠铺里。铁匠铺里烧铁的火苗早就熄灭了，房间里异常冰冷。他开始搜寻，想找到些蛛丝马迹，探明父亲和祖父失踪的原因。

　　也许他们给他留了字条呢？他揭开盆盖、锅盖，查看床下和柜子，打开抽屉，又在楼梯里的各个角落看了个遍……但是一无所获。一小时过去了，也许不止一小时，他倒在祖父最喜欢的扶手椅上，精疲力竭。罩在椅子上的布有些小洞，羊毛从中漏了出来。安托南下意识地用手扯着椅子布，努力思索。

希望德瓦伦夫人能像她承诺的那样帮助他。她可算是他最后的救命稻草了，只是他根本就不认识她！要是她不像看起来的那样和善呢？忽然他有些怀疑……也许他最好还是去找泰奥菲尔，问问泰奥菲尔父母的意见。他想：对，要是必要的话，明天早晨他就去。现在他只能试图让自己平静下来……

就在这时，他的手指碰到了座椅中一个长方形的、硬硬的东西。

安托南吃了一惊，用手指摸索了几秒钟，然后在好奇心的驱使下，他站了起来，一下子撕开了罩着座椅的布……里面有一个日记本。

日记本的封皮是棕色的，已经很破旧了，纸张都泛黄了。纸上写满了清秀的小字，有些地方几乎都看不清了。安托南非常吃惊，在烛光下翻阅起来。这是一本日记！很久很久以前的……1703 年的日记！

10 月 19 日

今天是我的生日。

写日记可以让我感到自由。还好我会写字，那是孤儿院的神甫教我的，他以为我不会讲话，所以教会了我写字和阅读。其实我是会讲话的，只是我是个结巴，我觉得很丢人。小时候，我受过太多嘲讽了。我讨厌那些人，现在还讨厌。现在所有的人都以为我是个愚蠢的聋哑人，这样也好，至少没人来烦我了。

我被派到了让师傅的铁匠铺当学徒。我们为巴士底狱打制钥匙和窗户的栅栏；当然我们也做别的东西，比如说装饰壁炉的饰板。目前，我负责给铁器磨光，为我的师傅递工具，打扫整理房间。让师傅知道我认识字，所以在我 13 岁生日这天他送给我一本日记本。如果我好好工作的话，他可能会收养我。

10 月 20 日

我听见了玛戈和玛蒂尔德在厨房里对我的议论。

"可怜的巴蒂斯特注定会一事无成的。"

"因为他有残疾……"

残疾？她们就是这样看我的。

总有一天，我会出人头地的。

玛戈是让和他的妻子奥莉薇娅雇佣的女仆，负责做一些家务。

玛蒂尔德是我师傅的女儿。

我喜欢引起她的注意。

我希望她能爱我。

但是对她来说，我无足轻重。

昨天奥莉薇娅夫人产下了一个男婴，但是这个婴儿没能活下来。让师傅偷偷哭了，他特别希望能有一个儿子。

10 月 23 日

巴士底狱想雇佣一个打杂的男孩照顾一个老囚徒。

这个囚徒有些不同寻常，他已经被关在这个全国最差的监狱三十余年了，任何人都不许和他讲话，也不可以看他的真面目。

他似乎戴着一副铁面具。

有传言他是什么王子。

让师傅推荐了我，因为"一个聋哑人是做这份工作的最佳人选"，这话是巴士底狱的典狱长说的。

我！要去！那里工作了！可能要工作几周或者更长时间。

让师傅因此可以得到很多酬劳，他需要钱：奥莉薇娅夫人生病了，他想给她请巴黎最好的医生。

如果我去巴士底狱为一位王子服务，也许玛蒂尔德会对我另眼相看呢！

安托南感到喉咙发紧，他又重读了最后几行字。他的祖母不正是叫玛蒂尔德吗？而他的曾外祖父名字正是让啊！他们与这位日记的作者巴蒂斯特之间是什么关系呢？烛光照在泛黄的纸张上，映出神秘的影子。安托南既疑惑又着迷，他继续读了下去……

10月30日

今天早晨是我第一次去巴士底狱，当我走过吊桥时……

多重身份

　　自 17 世纪起，很多历史学家和作家都十分热衷于探寻铁面人的秘密。但很少有人真正接近过他。要不是有圣－马尔士先生和卢瓦侯爵等人之间的书信往来，还有艾蒂安·杜苒卡在囚徒入狱登记中写的信息，我们可能都要怀疑他存在的真实性了！

　　如今，关于他身份的猜测有五十多种，其中有些猜想非常离奇。除了我们这本书中提及的这种可能性，有人还认为他是莫里哀，或者是一个女人。但是似乎最具有说服力的猜测就是这个囚徒是富凯的仆人厄斯达斯·当瑞。

第四章

68年前，巴士底狱堡垒，
1703年10月30日

巴蒂斯特走过护城河上的吊桥，桥下是发绿、腐臭的河水。想到那些跨过这座命运之桥就再没能出去的犯人，他不禁打了个哆嗦。

此刻，他觉得自己和他们没有什么分别。让师傅并没有问他的意见就以昂贵的价格出让了他的劳动力。

一个看守陪着他走进了主院，院子的周围环绕着黑色石头做的塔楼，还有城墙的雉堞。

一条环路将塔楼和雉堞连接起来，有持械的哨兵巡逻把守。

巴蒂斯特感到喉咙发紧，他瞥了一眼自己周围：厚厚的灰色城墙透出痛苦与压抑……

一个守卫指着其中的一个塔楼对巴蒂斯特说："嘿，小朋友，那个塔楼叫自由塔！"这名字取得……

另一个守卫说："和他说话没用，他是一个聋哑人。"

"聋哑人？那他来这里做什么？他进了狼口了！"

巴蒂斯特表现出一片茫然的样子。这些年来，他早就学会了让自己保持这种无动于衷的神态，沉默对他来说就是一副可以保护自己的面具。

但是现在这不管用了，他有些恐惧。

他们到了第二座小一些的塔楼，塔楼的尽头耸立着一座房屋，那是典狱长圣－马尔士的。

巴蒂斯特被带到了一个设施完备的大办公室里。一个戴着白色假发、涂着粉的老人出来迎接他们。他有些驼背，个子比巴蒂斯特高不了多少，眼神如鹰般锐利。

"你们终于到了！耽搁了太多时间！罗萨日，你在哪儿？罗萨日！"

一个满脸麻子、长着红色浓眉的男人立刻急匆匆地走进了房间。

"典狱长先生，您找我？"

巴蒂斯特注意到他的鼻子上长着丑陋的瘊子。

这两个人和这座监狱一样令人厌恶。

圣-马尔士尖叫着："你跑到哪里去了？你不知道我们的时间很紧吗？"

然后他转向巴蒂斯特："你，过来！"

巴蒂斯特犹豫了片刻，向前走了几步。

圣-马尔士不客气地命令："再近点儿！快！"

但是巴蒂斯特没有动。典狱长可能是想确认一下他是不是真的什么都听不见……

他猜对了，圣-马尔士马上就下了定论："聋透了！很好！没有比这更理想的了。"

罗萨日问道："那我们怎么向他交代工作啊？"

"动动脑筋，蠢货！他师傅跟我说了他能认字、写字！"

"我不知道这事，先生。"

"典狱长先生！"

罗萨日礼貌地更正道："典狱长先生，所以只要把指示写出来就可以了。"

"不错，就是这样……现在就写！然后去找狱卒，他就可以开始工作了！雇这个蠢货可花了不少钱！"

这个蠢货……

巴蒂斯特下意识地握紧了拳头。

罗萨日说："典狱长先生，雇佣这个男孩给您省去了雇佣仆人的费用。"

"干你的活，写工作指示！"

罗萨日一副顺从的样子，在一张桃木桌子旁坐下，神情庄严，他拿起一支笔，在水晶墨水瓶里蘸了蘸。

他边写着指示边说道："某巴蒂斯特的时间表。'某巴蒂斯特'？难道他没有姓氏吗？"

"没有，这样挺好的！继续！"

巴蒂斯特听着他们的对话，脸上面无表情，心里想圣-马尔士先生是不是总是这样易怒，而且惹人恼怒。之后他知道他确实是这样的人。他被委任看守铁面人三十余年了，这让他名利双收，这个任务可是由路易十四和他的部长卢瓦提供资金的，因此圣-马尔士觉得自己也算是个有头有脸的人物。

罗萨日总结道："在一般情况下，某巴蒂斯特每天的工作时间为早晨10点到下午1点，工作内容为：打扫牢房、清除壁炉内的灰烬、倒便桶、换床单和衣服，帮助囚徒盥洗，有必要的话为他刮胡须……"

巴蒂斯特越来越焦虑了。

"安东尼·胡会在巴蒂斯特工作结束时为囚徒带去午餐。胡会站在门后，准时开门放巴蒂斯特出来，然后我们例行检查牢房。"

巴蒂斯特站得笔直，他接过罗萨日刚刚写下的工作指示，画了一个"×"号，权当签名。指示上的最后一句话让他不寒而栗：在任何情况下，都不得向任何人泄露所看到的东西，否则将会被处以极刑……

换句话说就是死刑。

第五章

挑 战

管钥匙的看守安东尼·胡是一个棕发的瘦弱男人，30岁左右，巴蒂斯特觉得他看起来比刚刚见到的那两个官员友好一些。胡冲着他微笑了一下，想要和他说些什么，但是因为巴蒂斯特不作答，他就做了个简单的手势表示他明白了。

"关于这个囚徒的事情，你要做到守口如瓶，这是圣－马尔士的要求。不过对你来说，一点儿风险都不会有，反正你也不会说话！"

巴蒂斯特露出一丝微笑，他的腿却在颤抖。

胡身上带着一大串钥匙，一走路就发出叮叮当当的声响。他带着巴蒂斯特走进了一条昏暗的长廊，走了一段楼梯，又来到另一个长廊，然后在一扇门前停住了，那扇门上装着加固的金属栏杆。胡将门锁打开，还有第二扇门，那扇门正对着铁面人的牢房！

真是看守严密的牢房啊！至少需要四把钥匙才能进来。

巴蒂斯特虽然害怕，但还是注意到了一件事情——他们所在的地方离圣－马尔士的房间不远，也就是说铁面人没有被关押在堡垒的塔楼里。他是谁呢？为什么会享受这样的优待……或者说需要如此森严的戒备？将他这样隔离起来肯定有什么特别的理由。

这个囚徒也许十分危险，所以刚才那两个看守才说他是入了狼口。

过了一会儿，巴蒂斯特设想了最坏的情形：这个囚徒肯定是犯下了可怕的罪行，和传说中吃人的热沃当恶兽一样可怕，甚至他本身可能就是个食人狂魔……所以才给他戴上铁面具，为了防止他把猎物撕碎！圣－马尔士典狱长雇佣一个聋哑人，是因为万一发生袭击事件，也不会有人听见任何声响……

让师傅将他送到了死亡之地！

巴蒂斯特感到彻骨的寒冷，他想走慢点儿……

但就在此时，胡把他推进了牢房里面，并跟在他后面走了进去，然后又将沉重的牢门关上，立刻锁紧了。

巴蒂斯特的心剧烈地跳动着，他环顾了一圈牢房，房间的天花板很高，不是很宽敞，地面上铺着砖。巴蒂斯特扫了一眼房间，注意到灰色的墙壁脏兮兮的，窗户上装有栅栏，还有装着通风管的壁炉，里面有几根燃烧着的木柴。在更隐蔽些的角落里，放置着一个脸盆、一个水罐、还有一个金属桶。房间里的家具很有限：一张小桌子、几根蜡烛、一本祈祷书、一支笔、一个墨水瓶、一些纸张、一把草编的椅子和一把破旧的扶手椅。

房间最里面，那个囚徒背对着他们，躺在一张铺着棕色床单的床上。

胡说道："先生，这是为您找的新仆人，他是一个聋哑人，所以要是您需要什么东西的话，请写下来，我会交给圣－马尔士先生或是罗萨日先生的。"

看来他不知道巴蒂斯特认字的事。

胡继续说："我一会儿给您带午餐过来。"

那个囚徒没有转身，低声说道："谢谢，胡，但是我没有什么胃口，不过还是按照惯例，把餐盘端过来吧……我知道你经常吃不饱，午餐里你爱吃什么就拿去吃吧。"

"谢谢您，先生。"

然后胡向囚徒恭敬地鞠了一躬，退到了门口，这个举动让巴蒂斯特目瞪口呆。

胡看了看巴蒂斯特，向他点了点头，可能是在鼓励他……他用钥匙打开了门，钥匙发出叮当的声响，然后他走了出去，门在他身后发出嘎吱嘎吱的声音。

犯人抱怨道："这螺母发出的噪声会让我害病的！"他仍是背对着巴蒂斯特，但是已经坐起了身，巴蒂斯特觉得整个人被恐惧攫住了。这个人又高又瘦，穿着长长的蓝色上装和到膝盖的紧身裤，还有白色的袜子。

他慢慢走动着……

巴蒂斯特目不转睛地看着他的白衬衫。那是一件带有襟饰的衬衫，宽大的袖子上镶着花边，真是太优雅了！

巴蒂斯特又看向囚徒的脸……

他的头发很长，已经白了。苍白的脸上，已经有了皱纹，没有蓄胡须。他并没有戴铁面具，而是戴着一个半截的面罩。

那天晚上回到让师傅家，他就躲到小屋子里，开始记日记：

我很害怕。

我不想再回去了，但是我没有选择。也许让师傅想摆脱我，又没有找到其他的办法……

我为那个囚徒打扫了房间，整理了床铺，倒掉了便桶，但是我不需要帮助他盥洗，谢天谢地。

自然，他一句话也没有和我讲。

他的面罩在眼睛的位置留了两个洞，所以可以看到他炯炯有神的双眼。

他的牙齿又白又尖。

他会不会是个……吸血鬼呢？

他的年纪不太好猜测。在 45 岁到 55 岁之间，也有可能更大些……

11月8日

从他的外表，真的看不出来他会是一个邪恶的人。

他想要一把吉他！

他把要求写在了纸上，然后交给了胡。

他的午餐几乎都被胡吃掉了，胡恭敬地行屈膝礼并向他道谢。

圣－马尔士在我要走的时候来了，他也向囚徒行礼！这到底是为什么呢？

他肯定是个重要人物。他的着装看起来就像个爵爷。

但是有什么事情不对头，我能感觉出来。

他要不是吸血鬼的话，那他可能是一个会制毒药的大师，或者是个巫师，所以大家才对他毕恭毕敬的。因为他们担心如果不这样做，他会让厄运降临到他们头上……

他是谁？

他到底犯下了什么残忍的罪行，要被关押如此之久？

关于铁面具

　　没有人确切地知道这副铁面具到底是什么样子：像骑士戴的面具那样？还是典狱长圣－马尔士让铁匠特制的面具？1703年11月，在罗萨日先生与海勒先生（巴士底狱的外科医生）共同签署的囚徒死亡登记簿上，写明了这个神秘的囚徒戴的是一个黑色天鹅绒的面罩。可以确定的是，囚徒并不是一直戴着面罩的，也不是一直戴着铁面具。否则的话他肯定会皮肤感染（还会引发其他疾病）。而事实上他的寿命还是比较长的⋯⋯

© Mary Evans/Rue des Archives

第六章

1703年11月10日，巴士底狱堡垒

巴蒂斯特的猜想都错了！

　　几天过去了，他很快就意识到这个囚徒几乎没有注意到他的存在。他也没有表现出有任何攻击性，一次都没有。相反，他出乎意料的彬彬有礼。每次巴蒂斯特来的时候，他都会穿好衣服、刮好胡子，坐在装有栅栏的窗户边的小桌旁，要么就是在读他的祈祷书，要么就是在沉思。每次见到巴蒂斯特他都会向巴蒂斯特微微点个头。一般情况下，他会自己把床收拾好，并且整理好自己的私人物品，这点让巴蒂斯特很惊讶。

　　他只要打扫牢房就可以了。在他打扫房间的时候，男人要么是在沉思，要么是在读书。有时候，他也会写一些东西，但是在圣－马尔士或罗萨日检查牢房的当天，他肯定会提前把那些纸烧掉。很明显囚徒对这件事也习以为常了，他会默默地盯着燃烧的火苗，火苗接触到纸张，将它们烧成蓝色、变成蜷缩的一团，最后变成了一堆灰烬。

但是，今天发生了一件不同寻常的事。

男人和往常一样戴着黑色的面罩，坐在扶手椅上。

他手里拿着一把吉他！那是一把黄色木头做成的漂亮的吉他，他的手指轻抚着琴弦。

巴蒂斯特手里拿着扫帚和桶，呆住了。他身后的门和往常一样嘎吱一声关住了，接着是钥匙在锁眼里转动的声音，门像往常一样被锁住了。

囚徒用深沉嘶哑的声音说："你……你是上帝派来的。"

"一定是，一定是上帝……我总是在呼唤他！他一定是听到了我的呼唤。他不仅仅将你派来了，而且还让我拥有了这个美妙的乐器……"

"你听不见我说话，但你也许能够感受到音乐的震颤吧？"

他开始演奏曲调明快的怀旧乐曲。

他说道："这是吕利的曲子……让－巴蒂斯特－吕利。

多巧，你们两个人的名字几乎一样！吕利在路易十四的宫廷里作曲。"说着他露出了微笑，好像想到了什么，继续说，"就是我们亲爱的'太阳王'把我关了这么久……"

他继续一边说话一边演奏，演奏出的曲子既柔和又标准，像是已经练习过很多次了。

"吕利是谁？距他逝去已经 13 年了……

准确地说是 1687 年 3 月 22 日。

我那时在埃克西耶的监狱里，

和巴士底狱一样的一个堡垒……

在这之前？之前我被关押在皮内罗洛，

在一个山顶的城堡里，

在盖满雪的阿尔卑斯。

我有尼古拉·富凯做伴，

那掌权的财务部长，

路易十四嫉妒他，将他关押起来……"

"让·德·拉封丹的故事抚慰了我的童年，我无法与之比肩，但是作诗真是太有意思了！"

他一只手握着吉他，开始继续哼唱：

"吕利去世后几周，我被转移到另一所监狱，在海的中央，在圣·玛格丽特岛上，那里海风肆虐。在那里，我第一次戴上了铁面具。那是典狱长的命令，这个总是幻想着出人头地的圣－马尔士……

"因此，整个旅程中，他让世人相信我是一个重要的人物！"

他的话语被一阵咳嗽打断了，他觉得呼吸困难，于是扔掉了吉他，倒在地上。

巴蒂斯特惊骇不已，全身颤抖，他继续打扫着，好像他的心思就专注在这个打扫的动作之上。他盯着他细心扫到一起的尘土，不敢想象万一这个囚徒，或者是其他什么人得知他可以听见的话会发生什么……

第七章

1703年11月14日，巴士底狱堡垒

因为这件事情，巴蒂斯特病了三天：发热、腹痛……让师傅不得不为这件事情去向典狱长道歉。

但是今天他得回去工作了。

巴蒂斯特内心感到绝望，但是还是再次走过那座吊桥，桥下依旧是满是腐水的沟壑。他低着头向前走，什么都不想听见，什么都不想看见。守卫们和他打招呼，他执拗地不理睬他们。

安东尼·胡在等着他，脸上不耐烦的神情显而易见。他们走到那个通向铁面人牢房的楼梯时，胡抓住他的手臂：

"你去哪里了？他不停地找你！"

巴蒂斯特保持着沉默，胡不禁叹了口气，咒骂道：

"该死的，你真的是聋得透透的了……"

他把巴蒂斯特带到囚徒那里，说了声："他来了，先生。"然后仍像从前那样，把门一锁，离开了。

因为焦虑，巴蒂斯特喉咙发紧，手里紧握着扫帚和水桶把手，走了过去。

男人正坐在扶手椅上，和前几日一样的衣着，还是戴着面罩，他专注地望着巴蒂斯特。巴蒂斯特礼貌地向他鞠了一躬，然后开始打扫。但是他害怕的事情又发生了，那个低沉沙哑的声音又响了起来：

"我害怕你不来了，我只能和你说说话……"

巴蒂斯特几乎喊出声来："但是我不想！"

"我年轻的朋友……"

吉他的旋律又响了起来，巴蒂斯特微微地颤抖了一下，但是并不明显。

男人拨动着吉他，低语着："我感到我已经走到了生命的尽头，要知道我死了之后是个无名氏……"

巴蒂斯特感到越来越不安，他放下扫帚想要收拾床，但是床单和被罩都已经收拾好了。

忽然他感到一只强健的手用力抓住了他的胳膊。他没忍住，叫喊了一声。

男人打量着他，低声说："你可以发声的呀！"

他的眼睛在面罩后面闪闪发亮，巴蒂斯特遏制住哆嗦。

男人坚持着："坐下……坐下！"

然后迫使巴蒂斯特坐在椅子上，他自己慢慢地坐在桌边，目光一直没有从巴蒂斯特身上移开。

"当我向吉罗神甫忏悔的时候，我要么谈论上帝，要么就是一言不发……和你一样保持沉默。坦率地讲，我很多时候更喜欢沉默。我们之间有了一个共同点……"

巴蒂斯特觉得他好像微微笑了一下。

"因为你是一个没有人在意的可怜虫。我能看得出来你有很多伤心事，我也是，我的内心十分沉重……"

第八章

隔墙有耳

男人不理会巴蒂斯特惶恐的目光，开始平静地讲述，就像他正在参加一个沙龙一样：

"我是1698年9月18日被关在这里的。已经5年……只有5年？当一个人24小时被囚禁，又不能和任何人说话的时候，时间的流逝会变得模糊起来。

"任何人都不能和我交谈。要是我不幸和谁说了话，那这个人就会有生命危险。我与这个世界的联系只有沉默……或是死亡。"

他沉默了一会儿，接着带着兴奋的神情说："但是和你在一起，真是太自由了！你失去了听觉，所以我可以畅所欲言！"

巴蒂斯特试图起身，但是男人立刻拽住了他的胳膊，不准他动。

然后他清了清嗓子，咳嗽几声，用几乎是开玩笑的口吻说道："我没有名字，但是我很出名。我想自从……嗯……10年前，我就开始非常有名。我的传奇故事开始于1687年，我被转移到圣－玛格丽特监狱的时候。就是从那时候开始，圣－马尔士开始把我当作一个工具来利用，他利用我塑造他自己的形象……给自己戴了一个大人物的面具！"

巴蒂斯特又一次想站起身……

而男人又一次把他给拦住了。

巴蒂斯特感到十分害怕，十分恐惧。可是他被迫还要继续听这个男人梦游般的呓语……

"圣－马尔士做我的狱卒已经18年了，我在皮内罗洛就受到了严格监管。那时候，在那个恐怖的堡垒里还关押着两个比我重要的囚徒：富凯和劳伦斯伯爵。富凯知道很多国家机密，而劳伦斯伯爵则是宫廷里的常客。劳伦斯伯爵和蒙特斯潘夫人关系亲密，而蒙特斯潘夫人是路易十四的宠儿……路易十四因此十分嫉妒！

"'太阳王'希望贵妇们心中只有他一人，他希望只有自己才是整个国家万众瞩目的明星！有人想抢他的风头——他就把他关进监狱！"

他朝巴蒂斯特弯下腰，兴奋地向他耳语："圣－马尔士也喜欢出风头，他觉得能负责关押富凯和劳伦斯是无上的荣耀，但是富凯在1680年去世了，据说是被人投了毒，还有人谣传是我做的。谁会相信这样的无稽之谈，谁会相信？过了一段时间，劳伦斯被释放了。所以圣－马尔士在皮内罗洛关押的就只剩下一些仆人……还有我。他又成了一个普通的监狱看守？噢，他对这件事十分不满，完全不能忍受！"

巴蒂斯特打了个哆嗦，身子向后仰了仰，但是男人的魔爪又伸了过来，要抓住他。巴蒂斯特只好一动不动，低下头，心里祈祷着胡能快点儿过来，那他就可以解放了……

男人还在继续说："圣－马尔士被任命为埃克西耶监狱的典狱长后，把我也带去了；他被调到圣－玛格丽特堡垒的时候，也带上了我。就是在那儿，他让我戴上了该死的铁面具，他这么做是为了把我的面孔遮起来吗？其实不是！他想要成为人们关注的焦点！我的存在就是他吹嘘的资本！这个人非常狡猾，这倒也不奇怪，他是得到国王封爵的前任火枪手嘛。再说，他和达达尼昂也很熟悉，就是这个达达尼昂逮捕了富凯！圣－马尔士十分嫉妒达达尼昂的名气。

我也知道，路易十四任凭他在我周围制造各种流言。这样他也能轻松一些。流言会转移民众的注意力，使他们不再集中精力关注那些真正的问题：吃、穿……而我，国王出钱给我提供吃、住、洗，这样的日子我已经过了超过四分之一个世纪了！我是……”

他开始剧烈地咳嗽，这次巴蒂斯特有了合适的理由，他站起身给男人倒了一杯水。

“谢谢。”

男人一口气喝了好几口。他的眼睛闪闪发亮，像是在燃烧。他又咳了一阵，看样子很痛苦。

巴蒂斯特有些担心，他用手指着门，意思是他可以叫胡过来，胡肯定就在外面呢。但是男人摇了摇头，他用专注的目光盯着巴蒂斯特，这让他感到很不安：“你真的什么都听不见吗？”

他的声音有些咝咝作响：“我演奏吉他那天，我看见你有些颤抖……”

他又朝巴蒂斯特弯下腰，紧紧地盯着他。巴蒂斯特僵住了，他的心脏怦怦直跳。那戴着黑色面罩的脸距离他只有几厘米，他甚至都能闻到他身上散发出的微微呛人的味道。希望这个男人没有感染鼠疫……

"要是你能听见我说话，眨一下眼睛。眨一下眼睛！"巴蒂斯特没有眨眼。相反出于求生的本能，他直视着男人的眼睛，静静地和他对视着。然后男人稍微犹豫了一下，背坐在了床上。

"唉，总比对着墙说话要好，是的，要好些……"他用单调的口吻重复着，从话音中可以听出他已经感到精疲力竭了，"要是……就好了。多亏了富凯，我才知道了这奇妙的墨水……谢谢圣－马尔士一直养着我。我可以用柠檬汁把字写在……"

男人沉默了一会儿。巴蒂斯特感到很不安，脑子里只有一个想法：逃走……逃走！同时他也很同情这个可怜的男人。此刻这个男人仰面躺着，眼睛盯着天花板，越发的语无伦次。

"我亲爱的圣－马尔士，我在圣－玛格丽特监狱被关押了 11 年，那个监狱的周围只有茫茫的大海。当你把我从圣－玛格丽特监狱转移到这里的时候，你给了我王子般的待遇。我坐的轿子是宫廷专用的！但是被堵得严严实实，我又戴上了铁面具，我差点儿窒息而死，就是从那时起我的肺病加重了，真折磨人啊！随行的卫士讨论这件事，然后流言就传开了……整个国家都讨论着你——贝尼涅·德·圣－马尔士负责看守着的一个怪物……你肯定高兴坏了！自豪得不得了！"

他又咳嗽了一阵，然后继续往下说。他似乎陷入了回忆，像在自言自语："但是罗萨日也来看我了。你把他收买了，对吧？你给了他多少土地？也许还给了他一两座城堡吧……"

忽然，响起了开锁的声音，牢房沉重的大门被打开了。安东尼·胡冲了进来，后面还跟着一个戴着白色假发的老人，胡对着老人说道：

"典狱长先生，我向您发誓我听到了说话声！

巴蒂斯特呼吸顿止，他立刻站起身，毕恭毕敬地弯腰鞠躬。

圣－马尔士怒骂："你刚才坐下了？我付给你薪水是让你干活儿的，不是让你聊天的？"

那个囚徒咕哝着说："他怎么聊天啊，他是个聋子！"

胡皱着眉头，坚持说："但是我真的听到说话声了！"

"我咳嗽得很厉害……"

圣－马尔士的口气立刻温和起来："咳嗽？您不舒服吗？弗莱格尔医生可以来给您听诊。"

"有什么用啊？我生命已经走到头了……啊，我亲爱的典狱长，您肯定会想我的！"

典狱长恼怒地看着他，然后转头对安东尼·胡说："他病得真的很严重……都开始说胡话了。"

囚徒反驳道："谎言就像鼠疫一样传播得很快。好了，请让我一个人静一静吧，我要独自待一会儿，养养神。"

巴蒂斯特吃惊地看到圣－马尔士再次恭敬地向囚徒鞠了一躬。

胡插话说："先生，我一会儿回来给您送饭。"

"随你吧。"

就在这时，发生了一个意外。圣－马尔士刚刚出去，安东尼·胡紧随其后，突然，他的那一大串钥匙掉在了地上。巴蒂斯特条件反射地跳了起来……

铁面人被关押过的监狱

© Rue des Archives/Tallandier

1.皮内罗洛监狱

皮内罗洛要塞堡垒位于阿尔卑斯山区，在布里昂松与都灵之间。这座堡垒在1696年被夷为了平地，堡垒由一座主塔和五座副塔构成。铁面人和路易十四的前财务大臣以及劳伦斯公爵于1669—1681年被关押在这里，那时铁面人还没有开始戴面具。劳伦斯公爵在他房间壁炉的管道内部挖了一个通道，借此与富凯交谈，而这是典狱长圣-马尔士明令禁止的。铁面人自1675年起成为富凯的仆人，因此与路易十四的这两位近臣关系密切，而这两位近臣掌握着许多国家机密。

2.埃克西耶监狱

　　这座宏伟的堡垒位于阿尔卑斯山区，距布里昂松不远，在法国与意大利之间，现在尚存。铁面人于1681—1687年被关押在这里，从皮内罗洛转移到这里的途中，他的头上只是戴了一个露出眼睛和嘴巴的风帽。

3.圣－玛格丽特岛上的监狱

圣－玛格丽特岛堡垒位于戛纳海湾，现今被改成了一座博物馆。游客可以参观铁面人住过的牢房，他于1687—1698年间被关押在这里。在从埃克西耶堡垒转移到圣－玛格丽特堡垒的路途中，他第一次戴上了铁面具。

4.巴士底狱

巴士底堡垒起建于 1370 年，位于巴黎东部，最开始的时候仅仅是一座堡垒，用来保卫圣－安东尼门。自 17 世纪起，巴士底堡垒就不再起任何军事作用了。黎世留红衣大主教把它改造成了一座监狱，在里面关押政敌。国王的一个命令、一封盖章的信件，就可以把一个人关押进巴士底狱，不需经过任何审判。1789 年，巴黎人民攻占巴士底狱，象征着旧体制的瓦解和共和国的开端。

© Rue des Archives/Tallandier

Du Vivier F.

自 1698 年至 1703 年逝世，铁面人一直被关押在这里。

巴士底狱的副官艾蒂安·杜莤卡在铁面人被收监时，做了如下记录："9 月 18 日星期四，下午 3 点，典狱长圣－马尔士先生第一次从圣－玛格丽特来到巴士底狱，随他一同来的囚车中有一个之前被关押在皮内罗洛要塞堡垒的囚徒。这个囚徒一直戴着面具，而且不知道姓名。典狱长让囚徒下了车，把他安置在巴兹尼尔副塔的第一个牢房中。等夜幕降临后，晚上 9 点时，我要与典狱长先生同来的士官罗萨日再把囚徒带到贝尔都帝耶塔楼的第三间单人牢房中。在这个囚徒到达的前几天，圣－马尔士先生就已经下令，命我在那间囚室中安置好各种家具。这个囚徒将由罗萨日先生负责照顾，典狱长先生会为其提供饮食。"

第九章

巴黎，车匠街，杜弗家的铁匠铺
1771年11月4日

"……我条件反射地跳了起来。当我的目光看向胡时，我知道他已经知道我什么都能听见了。现在我面临着生命危险……"

安托南双手颤抖着放下了日记本。后面的日记不知被谁撕掉了。

他的脑海中盘旋着太多的疑问……

那个戴着铁面具的囚徒到底是谁？

1703 年 11 月 14 日之后，巴蒂斯特的命运如何？

再过几日，距离那个日子就正好整整 68 年了。

如果他还活着，应该已经 80 多岁了……

他忽然意识到他的祖父也是这个年纪。

日记中曾提到巴蒂斯特曾在让师傅那里做学徒，让的妻子叫奥莉薇娅，他们的女儿叫玛蒂尔德。

而他祖母的名字也是玛蒂尔德……

这不可能仅仅只是巧合。

安托南感到这一切太让人难以置信了，他慢慢地站起身。周围一片昏暗，冰冷又寂静，但是他觉得自己热血沸腾，就像是发热了一样。蜡烛快燃尽了，只有壁炉中的火苗散发出微弱的光和热。

就在这时，他听到铁匠铺里传来几声闷响。有人进来了，门嘎吱一声关上了，有什么东西掉在地上摔碎了，接着他又听见了奇怪的刮地声……

安托南吓坏了，他抓起日记本，不假思索，就把它扔进了火中。他感到嗓子发干，迅速寻找可以藏身的地方。他钻进了衣柜，把衣柜门关好，藏进了挂起的衣服中间，屏住呼吸。他冒出了冷汗，但仍极力克制，让自己不要慌张。但这次恐惧感太过强烈，完全笼罩了他，他无法呼吸。他闭上了双眼……

忽然，一切都陷入了黑暗。

"喝一点儿热巧克力，你会觉得好受些……"

安托南眨着眼，慢慢坐了起来，靠在枕头上。他觉得自己很虚弱。

阳光透过窗户照进了他的房间。他的父亲保罗正坐在他的身边，神色担忧。安托南接过父亲递给他的碗，喝了几口热巧克力，并做了个鬼脸。这是他有生以来第二次品尝这稀少而又珍贵的饮料。但他不是特别喜欢巧克力又甜又苦的味道。他把碗递给父亲。

"谢谢！"

"再喝点儿！"

安托南摇了摇头。

保罗伸手摸了摸安托南的额头："好吧，幸好热退了。你感觉怎么样？"

安托南默默地看着父亲，一点点地回忆起来……

昨天晚上，他躲在柜子里，然后晕过去了。当他醒过来的时候，已经躺在床上了，父亲和祖父在他身边！他们和失踪时一样又神秘地回来了。他们回来的时候，收拾了一下铁匠铺，所以安托南才会听到声响，还因此吓坏了。

"我好些了……父亲，你们去哪里了？我吓坏了！"

"我回头再和你解释。"

"不行，现在就给我解释！我还以为你们被劫持了呢！"

"劫持？你怎么会有这种想法呢！还有你怎么想出来要藏到衣柜深处的！里面都没法呼吸！你没感到不舒服吗？幸好，你摔倒的时候，撞开了柜门。"

"你们到底去哪里了？"

"我们当时急着要去陪一个人。"

"谁？"

保罗皱了皱眉头。

"别问了，这没什么用。"

安托南生气了："没用？你们甚至都没给我留个字条，告诉我你们去了哪里。有人跟我说你们俩是被强行带走的！我自己一个人待在这里，又不知道你们去了哪里，我还以为……"

说着他哽咽起来，忍不住哭了。

"啊，我的儿子，对不起，对不起……"

保罗把脸埋在手心里，过了一小会儿，他露出一个微笑，想让安托南安心："是因为一些流言。火枪手正在调查……"

"什么流言？"

"关于铁面人的流言。有人说他是路易十四的哥哥。我们的现任国王不想有人谈论这些……"

"但这和祖父有什么关系呢？"

"火枪手以为他知道些什么。"

"为什么他们会这么认为？"

他的父亲叹了口气："要是我知道就好了。他们也审问了我，但是我没有什么可以告诉他们的。你的祖父也一样，他也什么都不知道。晚上 11 点钟左右的时候，他们终于放我们离开了！我当时还担心他们会扣留我们一整夜。"

安托南盯着父亲，他没有讲真话，他能感觉到。有一瞬间，他想告诉父亲那个日记本的事……但是很奇怪，他最后什么也没有说。他想等单独和祖父在一起的时候，先问问他。

他闭上眼睛，低声说："我困了。"

"这很正常，你需要恢复体力。你也度过了一个糟糕的夜晚，整个晚上都不安宁，就和小时候一样忽然发起了热。"

保罗站起身，刚想离开房间，又想起来什么，转向他的儿子："我差点儿忘了……一个年轻的女孩过来看你了。她说她叫路易丝特。"

虽然安托南脑袋昏昏沉沉的，但还是睁开了眼睛，更正道："是露易丝"。

他感到非常愉快，甚至心情都轻松起来，然后很快就睡着了。

当他醒来的时候，祖父亚历山大坐在他身边，他看起来神情严肃，还有些担忧。

"你脸色终于好些了！你睡着的时候一直念叨着烧掉的纸张……"

"爷爷！"

安托南还是觉得有些晕晕乎乎的，他抓过祖父的手，紧紧地攥在自己的手里。

"我还以为发生了什么严重的事……"

老人慈祥地笑着："我也是，我很为你和你的父亲担心。"

他盯着安托南的眼睛，然后低声说道：

"你对我的日记做了什么？"

"我的？"

第十章

真相中的真相

安托南十分震惊，盯着祖父看了很久，然后才想到一个问题：

"你，爷爷，你……你改名字了？"

"我的小安托南，这说来话长……"

"我不小了，我已经 13 岁了！"

老人再次问道："我的日记本在哪里？"

"我把它烧了。"

"做得好。当时我就该这么做了。"

安托南一直盯着祖父，心跳剧烈，他知道自己马上就要听到一个不可思议的秘密了。

"告诉我……"

老人迅速瞄了一眼四周，好像是害怕有人在监视他们一样。

"你的曾外祖父让……"

"他做了什么？"

"他待我视如己出。你怎么发现这本日记的？"老人询问道，他的语气几乎有些审问的意味。

安托南迅速向他解释了一下。

他辩解道："要不是你们不留一句话就走了，我是不会东找西翻的！"

"对不起，我们当时走得太匆忙了。你读那本日记了？都读完了？"

安托南点了点头。

"这么说你知道了。"

"知道什么？"

"当我和你一样大的时候，你的曾外祖父曾经失去过一个孩子，那是个男孩。"

安托南轻声说：

"嗯……真可怜。但是之后他就收养了你，对吗？"

老人笑了。

"没这么简单。因为……哦，现在我就把一切都告诉你吧。"老人耸了耸肩膀，低声说。

安托南盯着祖父，既有些担忧又有些疑惑。

"让是一个很善良的人……真的非常善良。"祖父又重复了一遍，"我是一个孤儿，我很幸运能遇到像让这样慷慨的人。只有在他面前我才敢说话。他总是耐心地听我说话，既不对我的结巴说三道四，也不讽刺我……"

"你结巴得真的很厉害吗？"

"是的，我把词都混在一起，含混不清，还会卡壳……当时说话对我来说真是太艰难了，因此我选择了沉默不语。只有面对让的时候我才讲话。我……唉，所以你就明白了，安托南！我告诉让胡狱卒知道了我会讲话，从那一刻起，让和我都面临着危险。我们可能会接受讯问，甚至被拷打……所以他就让我逃跑。然而，幸运之神站在了我们这一边，但是几百个人却遭遇了不幸。"祖父神情严肃地说。

安托南皱了皱眉头。

"我不明白。"

"很简单，让叫我去他的英国朋友家里。我是1703年

11 月 26 日出发的，距我最后一次见铁面人和那次意外发生不到半个月的时间……"

"你说的意外是指钥匙掉在地上你跳起来的事吗？"

祖父点了点头。

"11 月 26 日，在穿越白令海峡时，我们遇到了强烈的暴风雨，这场暴风雨引发了数起海难……我坐的船是少数几艘顺利到达港口的船只之一。圣－马尔士当时正在找我，让告诉他我遭遇了海难。"

安托南很吃惊："他撒谎了……那圣－马尔士相信他了？"

"他为什么不相信呢？让是一位受人尊敬的手工艺人！他对我的离去做了合理的解释。他说我有个远房叔叔刚刚通过我长大的那家孤儿院找到了我，我要去找我的叔叔……但是我坐的船沉了。圣－马尔士运气不好，没能抓到我！"老人讥讽道，"因为胡跟他讲了钥匙的事情，他坚持要弄明白我是不是听到了那个囚徒说的什么话。这可是生死攸关的事啊。"

"那……他没有审问我的曾外祖父吗？"

"审问了，但是让很确信地告诉他们我不会讲话，也什么都听不到，我那会儿看见钥匙掉在地上，跳起来，那是一种条件反射！圣－马尔士也没法证明你曾外祖父的话不对，而且让的话肯定要比胡的话更可信。"

安托南听得入了迷，接着又小声问道："然后呢？"

"然后我就改名换姓，开始了新生活。我变成了亚历山大·布雷，在伦敦的铁匠铺里当学徒。10年之后我回到了法国，娶了让的女儿玛蒂尔德为妻，就是你的祖母，可惜你从来都没有见过她。她对我十分重要！我爱了她一辈子……"

"你在日记中写了！"

"我记日记的那个时期，她对我并不感兴趣。但是后来我成功地俘虏了她的心！她正式变成了布雷夫人，但是大家还是继续叫她杜弗夫人，叫我杜弗先生……从来没有人问过我什么。"

"难以置信……真是难以置信！"安托南重复着，他惊呆了，"爸爸知道这件事吗？"

"当然知道了，但要是没有我的许可，他不会和任何人讲的。这是我们家族的大秘密，你不要对外面的任何人讲，永远都不要，你能承诺吗？这关系着我们的安全，可能还会有人想要审讯我，还有你们。还好昨天我们顺利脱身了！"

安托南很感动，他举起手，起誓永远不泄露祖父告诉他的事情。

第十一章

骗人的把戏

但是还有真相没被揭开……

沉默了片刻，亚历山大祖父又开始继续讲述，他沉浸在自己的思绪中，仿佛在自言自语："最后我只为那个囚徒服务了15天左右。他在11月19日，一个星期四去世了……"

安托南回忆道："你的日记就截至11月14日。"

"正是。在那天到我出发去英国期间，还发生了一些重要的事情。你想听吗？"他看着安托南，问道。

"要是你……"

安托南叫喊道："当然了，我想听！"

祖父笑了。

"这是一个真实的故事，和你小的时候，我给你讲的那些故事不一样……"

安托南做出闭眼倾听的样子。

祖父开始了他的讲述："从前有个小男孩叫巴蒂斯特……"

亚历山大祖父平静地讲道："1703 年 11 月 20 日的一个早晨，也就是大概 68 年前，他来到了巴士底狱典狱长的办公室，这个典狱长可不是个一般人……"

祖父又停顿了一会儿，才继续讲述："那天我还不知道铁面人已经在前一天晚上去世了。圣－马尔士先生的办公室里还有另外两个人：一个是叫杜莳卡的先生，他是巴士底狱的副官，另外一个是罗萨日先生。三个监狱负责人……互相交谈，就像我不存在似的。"

"因为他们以为你是聋哑人。"安托南有点儿打趣般地问道，"那你听到了什么，祖父？"

安托南已经恢复了镇定，祖父说的这些私密话是那么扣人心弦！

"他们要将囚徒用德马尔士乐的名字埋葬在圣－保罗墓地。我知道这肯定是个假名。然后他们让人把牢房各个角落彻底打扫一遍。那个了不起的胡，他带人把牢房打扫了一遍，又让人把囚徒所有的物品都烧掉了：衣服、床单……

"他们把家具扔到了火里，之后我又听说连墙壁都用石灰重新粉刷了一遍。他在这个世界上存在过的所有痕迹都被清除了，所有的痕迹！"

安托南看着祖父，微微皱了皱眉头。

"但是还发生了些其他事情，是不是？"

"你已经猜到了……"

他祖父叹了口气。

"嗯，他让我觉得很难过。我对他有些依恋，我知道这听起来有些奇怪……但是他令人肃然起敬，令人心碎。他又是如此神秘！因此，我想留下一些可以纪念的东西，我把他那本祈祷书藏在衬衣下面偷走了……"

"什么？没被胡看见吗？"

"我觉得没有，要不然那天我就不能从巴士底狱走出来了……"

安托南忍住插话的冲动，不敢再打断祖父。

"当天晚上，我借着蜡烛的火光仔细查阅那本祈祷书。我记得那个囚徒曾向我提起过一种神奇的墨水。我当时以为他产生了幻觉，但是，我发现了几个不完整的句子。"

"他在书里写字了？"

"对，用柠檬汁写的。"

"他写了什么？"

"我是……危险"

"他处于危险之中？"

"有可能是……还有一种可能就是他写的是自己的名字——当瑞（法语中'危险''当瑞'拼写相同）。巴士底狱三个负责人签署这个囚徒的死亡登记簿的时候，我就在办公室里，你还记得吗？"

安托南默默地点了点头。

"圣－马尔士先生说：'这样，一切就结束了'。我们这位著名的囚徒在到达皮内罗洛之前使用过的东西永远没有人知道了。罗萨日先生回应说，'在很长一段时期内就没有什么危险了'。杜莘卡先生也说：'你们说的是那个被关在皮内罗洛的富凯的仆人厄斯达斯·当瑞吗？'圣－马尔士立刻命令他住口。"

亚历山大祖父摇了摇头，然后补充道："也许这个戴着铁面具的男人就是这个厄斯达斯·当瑞。"

"一个仆人？"

"是，但是他可不是一个普通的仆人。他是英国公主亨利埃特的随从，公主可是路易十四的亲戚。亨利埃特公主和他的哥哥——英国国王查理互通信件，厄斯达斯则为他们递送信件。在其中的一封信中，国王查理似乎向他的妹妹吐露过想成为天主教徒的想法，并且告诉她路易十四也知晓此事，可是当时英国国教是国内信徒最多的宗教。他们之间有一项秘密协议，是国家机密……厄斯达斯应该偷偷地读了这封信，并且将此事说了出去。然后，路易十四于 1669 年命人逮捕了他。"

"你怎么知道的呢？"

"我当然是打听过了！我认识一些人……我们的铁匠铺很有名，我朋友的朋友就是我的朋友！但是关于这点，我不想和你说得更多了。"老人神情狡黠地补充说。

安托南努力用开玩笑的口吻问道："你还保留了一些秘

密吧？”

“哦，几乎没有什么了……”

“可我不明白。爷爷，为什么路易十四把一个仆人关押了这么久呢？为什么他没有判他死刑呢？”

“因为伟大的国王不能做这样的事情。他是个享有神授王权的君主，他要考虑自己的行为会产生的后果！”安托南沉默了片刻，慢慢明白了这些事情都意味着什么。

“爷爷，既然你知道铁面人的身份是个仆人，那你可以止住此刻正在流传的谣言啊！”

“是的，我是可以……但是伏尔泰的朋友们，还有那些各派的反君主政体的人，他们可不会高兴的！他们想看到路易十四的名声受损。但是反过来，我要是澄清了这件事，国王的亲信会很高兴的，昨天审讯我们的火枪手正在寻找证人呢！但是安托南，我绝对什么都不能说……”

“因为巴蒂斯特在名义上已经死去很久很久了。”

安托南补充说：“不管怎么说，你都没有任何确切的证据。”

祖父笑了。

"说得不错。但是我悄悄告诉你，有一件事是确定的：不管这个囚徒是否是一个仆人，圣－马尔士典狱长都想让世人以为他是个有身份的人，所以给他戴上了铁面具。"

"这是那个囚徒自己对你讲的……"

老人重复说："说得不错。正是典狱长自己散播的谣言，这个谣言对他有利，让大家以为他的手中关押着一位国家要人。只有路易十四和几位部长知道事情的真相……这个真相是其他任何人——包括我们现任的国王——都不知道的。"

艾蒂安·杜苒卡撰写的铁面人死亡证明节选

圣－马尔士先生从圣－玛格丽特带来的那个因徒，据说已经被关押了很久，他总是戴着天鹅绒面罩，他的身份不为人知。1703年11月，同样是个星期四，那个因徒在前一天做完弥撒出来的时候，感到有些不舒服，今天晚上10点左右就去世了，没有患什么重病，也可能他患了不少病，只是不为人知。

我们的牧师吉罗先生在他临死的时候为他做了祷告。这个被关押了如此之久的因徒，在11月20日星期二下午4点的时候，被葬在了我们教区的圣－保罗公墓。在死亡证明上，登记了一个陌生的名字，而罗萨日少校、海勒医生签了字。

在文件的空白处，有这样的字样——我那时候才知道我们登记的名字是：德马尔士乐，我们花了40里弗尔（法国古代货币单位之一）的埋葬费。

© Rue des Archives/RDA

巴士底狱广场及其周边街区保留的堡垒遗迹。

© Sergey Kelin/Shutterstock

1790 年在堡垒突出部分发现的巴士底狱单人牢房。

第十二章

最后一个秘密

安托南沉默了半晌。

"爷爷，你知道那么多不能和任何人讲的事情……"

"我可以和你爸爸，和你讲啊，以前我还和你奶奶讲过。"

"奶奶也知道吗？"

"当然了！我像你这么大的时候，她就认识我了！"祖父哈哈大笑，"你确定你好好读我的日记了吗？"

安托南也笑了一下，来掩饰自己的尴尬。说真的，他只是快速地浏览了一下那些泛黄的纸张，而且他不确定都记住了！

但没关系，他可以随时问祖父……他就像一本活字典。

亚历山大说道："不说笑了，现在我有一件重要的事情要解决。我想知道火枪手是如何追查到我们这里来的？”

安托南的父亲也来了，插话说：“我想我们马上就可以知道了。一位我们都熟悉的年轻人要向我们解释些事情。他就在铁匠铺里等我呢，我这就去找他……要是安托南已经痊愈了的话。”

他儿子立刻喊道：“我已经痊愈了！”

没多久保罗和安托南的朋友泰奥菲尔一起回来了。

安托南很吃惊地向他的朋友打了个招呼：“你好！”

泰奥菲尔说道：“你看起来好多了！”

“是，我睡了个好觉。你呢？你怎么样？”

“也好多了！”

“为什么‘好多了’？你也生病了吗？”

泰奥菲尔看了保罗一眼，然后犹豫着走上前。

“不是……我之前只是非常害怕，害怕因为我的缘故，你的父亲和祖父会被关进巴士底狱。”

安托南喊道：“什么？你在说什么？”

泰奥菲尔低下头，很明显他很窘迫。

“是……其实是我的错，火枪手们才会把他们带去审讯的。"

他的眼睛出卖了他。

他的一双眼睛出卖了他。

无法想象——太荒谬了！

那天下午，安托南沿着塞纳河散步时，脑海中不断想着泰奥菲尔讲述的惊人真相。

他还以为自己非常了解他呢！同时他也进行了理性的思考。在这之前，他的朋友确实没有理由告诉他，他的曾祖父曾经是巴士底狱保管钥匙的守卫……而他的名字是安东尼·拉卢……阿拉斯·胡！每次安托南和泰奥菲尔在一起的时候，都是聊天、开玩笑、无忧无虑地玩耍，所以泰奥菲尔没有和他讲过自己家人的情况，这确实也很正常……

只是当他谈起亚历山大祖父，并说他的祖父可能和泰奥菲尔的曾祖父安东尼认识的时候，泰奥菲尔也没有说什么。可是事实上安东尼·胡很久以来就一直对他的家人讲，那个长着双色瞳的聋哑男孩的事，说他曾为铁面人服务过数日。他说出了他看见的所有事情，还有他的推测……而他重复的次数太多了，慢慢就变成了家族的传奇故事了，泰奥菲尔从来都没有相信过。

但是当一年前他结识了安托南之后，他记起了那个总被家人提起的双色瞳男孩……

因为安托南一只眼睛是蓝色的，另外一只眼睛是栗色的。这种情况非常少见，因此也易于辨认！

后来，泰奥菲尔又在铁匠铺里见到了安托南的祖父……这个位于车匠街的铁匠铺，非常巧合地为巴士底狱的牢房打造钥匙。他还注意到安托南的眼睛和他的祖父一模一样。然而他的祖父不是聋哑人，但是那个叫巴蒂斯特的人真是聋哑人吗？他开始思索并回忆起家族的传奇故事。难道这个亚历山大正是那个巴蒂斯特？外形、职业、年龄都符合，太巧了……

然后几天前他在饭店听到了火枪手们的谈话。国王的卫士们因铁面人的谣言而烦恼，他们需要制止各种流言蜚语。泰奥菲尔想表现一下自己，引起关注，便对他们提起了安托南的祖父，他想也许他可以作为一个证人帮助他们完成这项任务。要是他的猜测是真的，他还会得到一大笔钱，整个家族都会跟着沾光！他们太需要钱了……

安托南如释重负，只是他的朋友虽然机灵，但是却永远都不会知道真相了。

在平静地听了泰奥菲尔的解释之后，亚历山大祖父说："你的想象力太丰富了！也许你应该考虑一下像莫里哀一样去写剧本！你想想，泰奥菲尔，1703 年你祖父在巴士底狱工作的时候，我那会儿正在英国呢！"

就几天的差距，老人的不在场证明可以说是无懈可击……60 年过去了，一切已经无从查证了。

秘密将被永久地保守在家族内。

安托南坐在塞纳河边，注视着阳光下波光闪闪的河面。河水缓缓流过，将树枝、落叶和垃圾也带走，接着它们会随着河流流向大海，就像是时间改变了感情，平息了流言，原则上是这样的。他想起了之前他要试戴铁面具时，祖父发脾气的事情。现在他明白祖父为什么会有那样的反应了。对他来说，这甚至比刚刚的一个又一个惊人的秘密都重要！

他还在思索着这些事情，这时他发现不远处有个女孩的身影。他认出那是露易丝，他立马站起来，走了过去。

"你好……"

露易丝的脸颊微微泛着潮红。

"你好。好些了吗？你之前好像是发热了。"

"是……但是我像小猪似的睡了个好觉，现在我已经完全恢复了！我父亲告诉我你来看我了，你真好……"

"我母亲和我都很担心你。"

安托南冲着她笑了一下。她比记忆中还要美丽。

"其实，没什么事。你看我祖父和父亲都回来了。"

"太好了！你知道他们为什么一言不发就走了吗？"

"这说来话长……"

"以后你慢慢讲给我听？"

"哦……没什么特别的事情可以讲的。"

露易丝吃惊地看着他，用开玩笑的口吻回应："没什么特别的还是……都是特别的？"

她稍微犹豫了一下，又说道："我不明白……那天我没敢和你讲，那时时机不对。但是我记得在你家铁匠铺的地上有一副奇怪的面具。是一副铁面具……你记得吗？"

安托南默默点了点头。

"那是为了遮住脸的？化装舞会用的？"

"不是，是给巴士底狱的一个囚徒的，好像是个贵族。他还说是想要模仿著名的铁面人，或是为了时髦！好了，我们去散散步好不好？"

他很自然地牵住了露易丝的手……

后 记

自 1771 年起，又一个关于铁面人的流言开始盛行，人们开始传说他可能是尼古拉·富凯的仆人……名字叫厄斯达斯·当瑞。

但是杜弗一家从来都不说什么。

但是也有人仍旧认为铁面人是路易十四不为人知的哥哥。

或者是个双胞胎哥哥。

或者是其他名流。

流言一个接着一个，铁面人的身份却仍然是个谜，成了一个真正的传奇。历史学家加紧研究，从 1769 年开始，神甫格里菲（1698 年—1771 年）在他的著作《论不同类型的证据如何在历史中构建真实》中做出了如下论述："和铁面人接触过的人有官员、士兵和监狱里的仆人，很多目击证人证实他曾出席过宫廷里的弥撒。他刚一去世，他用过的物品：内衣、外衣、床垫、被褥就都被烧掉了。牢房内的墙壁也被重新粉刷一新，连监狱的栏杆都被更换了。总之有人抹掉了一切可以证明他存在过的痕迹，这是为了避免他留下什么带有他名字的纸张或标记。"

但是我们越是研究，谜团就越大……

作者言

这部作品主要依托历史研究，并参考了让－克里斯多夫·贝蒂特费勒 2003 年在法国贝汉出版社出版的著作《铁面人——历史与传说》。我尽最大可能以被证实的事件为基础进行写作，而关于神秘的铁面人被证实的事件极为稀少，我参考了关于他身份的最主要的两种设想。历史学家对他身份的设想有五十多种……灵感的来源与值得探寻的问题真是太多了！然而，虽然关于铁面人的各种谜团从未真正被解开，但是有一种猜想是最有说服力的。我想您应该已经猜到是哪一个了……

L'homme au masque de fer ©Bayard Editions, France, 2013

Author：Anouk Journo-Durey

Illustrator：Raphaël Gauthey

Simplified Chinese edition arranged through Dakai Agency

Simplified Chinese Translation Copyright©2024 by Beijing

Red Dot Wisdom Culture Developing Limited Co., Ltd

著作权登记号　图字：01-2024-1189

图书在版编目（CIP）数据

铁面人 /（法）阿诺克·朱尔诺－杜雷著；（法）艾菲尔·高特绘；唐天红译 . — 北京：北京科学技术出版社，2024.5

（历史之谜少年科学推理小说）

ISBN 978-7-5714-3501-1

Ⅰ.①铁… Ⅱ.①阿… ②艾… ③唐… Ⅲ.①儿童小说－中篇小说－法国－现代 Ⅳ.① I565.84

中国国家版本馆 CIP 数据核字（2024）第 009429 号

特约策划：红点智慧	电　话：0086-10-66135495（总编室）
策划编辑：黄　莺	0086-10-66113227（发行部）
责任编辑：郑宇芳	网　址：www.bkydw.cn
营销编辑：赵倩倩	印　刷：保定市中画美凯印刷有限公司
责任印制：吕　越	开　本：889 mm×1194 mm　1/32
出 版 人：曾庆宇	字　数：64 千字
出版发行：北京科学技术出版社	印　张：3.625
社　址：北京西直门南大街 16 号	版　次：2024 年 5 月第 1 版
邮政编码：100035	印　次：2024 年 5 月第 1 次印刷
ISBN 978-7-5714-3501-1	

定　价：25.00 元